生誕100年

司馬遼太郎への手紙

―学都・大阪の再発見―

曽野　洋

ドニエプル出版

序文　コラム連載が、新しい出会いを促す

このブックレットを、わたしは次の三人のために出版した。
(1)来年、すなわち二〇二三（令和五）年に生誕一〇〇年を迎える作家・司馬遼太郎（一九二三～九六年）。東大阪市に居を構え、『翔ぶが如く』『花神』などといった実に豊かな物語性を含む歴史小説群や、『街道をゆく』『この国のかたち』などの紀行・エッセイを執筆発信し続けた、司馬遼太郎に興味がある人。
(2)歴史好きの人。特に大阪の歴史や、大阪にゆかりある歴史上の人物の来歴に関心を持つ人。
(3)広い意味での「教育」や「教職」の諸問題に対して、前向きに取り組もうと日々努力している人。
右に記した人々の、知的刺激になるような、まことにささやかな題材をもしこのブックレットが提供できるとすれば、大きな幸いである。そう、わたしは願う。

さて、大学の教壇に立つようになってから、およそ三〇年の月日が流れた。最近のわたしは、論文・論説や教科書などを書くだけでなく、コラムをいろいろな媒体で執筆する好機に恵まれている。これまで書きためたコラム群の中から三三点を選び出し、若干の加筆修正をほどこしたうえで再構成したのが、このブックレットだ。

01から20までのコラムは、「毎日新聞」大阪面において二〇一六（平成二八）年八月七日から、月に一度のペースで連載（全二〇回）したものだ。連載時の統一テーマは、「学都おおさかの風景—司馬遼太郎への手紙」であった。なお、各コラムをブックレットへおさめるにあたり、初出情報を本文の冒頭に、例えば「毎日新聞」大阪面２０１６／８／７というような形で明記した。

コラム21から23は、年に一度、秋に発刊される近畿大学「校友会報」のトップページにて執筆した三点だ。東大阪市に本部を定める近大は、すでに五六万人を超える卒業生を輩出している。そんな圧倒的多数の卒業生たちへむけ発信される年報が、この「校友会報」である。「総志願者数日本全国一位」を獲得するなど、このところなにかと話題豊富な近大であるが、皆さんは近大の創設者のことをご存じだろうか。日本の私学創設者といえば、慶應義塾の福沢諭吉や早稲田の大隈重信が特に有名であろう。また、同志社の新島襄も存在感がある私学人だ。彼ら三人と比較すると、やや影が薄い近大創設者とは何者か。

わたしはこのブックレットで、司馬が居を構えた東大阪市に、その本部を置く近大の創設者・世耕弘一《せこうこういち》についてぜひ語りたいと考えた。弘一翁は、非常に示唆に富む来歴をもつ人物だ。ぜひ、21から23のコラムをご一読いただき、彼の来歴のほんのごく一端を実感してほしい。

24から33のコラムは、「毎日新聞」和歌山面で連載中の拙稿「範は紀州史にあり」からセレクトしたものだ。紀州史に関するコラム連載は、すでに一一八回（二〇二二年一一月現在）を数えており、たくさんの読者諸氏に支えられている。そのコラム群から、このたびのブックレットの趣旨に関連する一〇点を選び、少しばかり補筆したうえで収録した。

ところで、コラム連載が新しい出会いを促す、とわたしは考えている。例えば、伝統ある『三田評論』という月刊誌（慶應義塾発行）などへも何度かコラムを掲載したことがあるが、その都度、面識のない読者や旧知の友人から読後感想がEメールや郵便で届く。未知の読者から、講演依頼やシンポジウム出演依頼、あるいは共同研究への参画依頼が届くこともある。まさに執筆したコラムがきっかけとなり、新しい出会いの成立だ。

前述した、「毎日新聞」における連載の場合も同様だ。新聞紙上における拙いコラムを継続していると、思いもかけない読者や組織から連絡が入る場合が多い。株式会社ドニエプル出版社長兼株式会社東大阪新聞社社長の、小野元裕さんとの出会いも、そうだった。

三年前の初夏だったと記憶しているが、小野社長からEメールが入った。「お会いして、福沢諭吉に関する講演依頼をしたい」というのだ。「いろいろ調べて分かったが、大阪在住で福沢諭吉に関する論考やコラムなどの発信数が多い研究者は、今のあなただ」と、四天王寺大学のカフェで初めて面談した際、小野社長が語っていたのをよく覚えている。

そして、わたしの講演「福沢諭吉と関西―失敗史に注目する―」が二〇一九（令和元）年一〇月四日に、半学半教実践塾の会主催でANAクラウンプラザホテル大阪にて実現した。

その後、今日まで、日本ウクライナ文化交流協会会長としても多用な小野さんとの情報交換は続いている。このたびのブックレットを株式会社ドニエプル出版から発行するに至ったのも、こうしたご縁があったからだ。論文・論説だけでなく、コラムという形で福沢諭吉に関する愚論も少なからず発信していなければ、おそらく小野さんとの出会いも成立していなかったであろう。

今のわたしにとり、コラム連載は新しい出会いを促進する、重要なインフラのひとつである。

二〇二二（令和四）年一一月

キャンパスの木々が秋色に染まる

四天王寺大学の研究室にて記す

曽野　洋

目次

01　華岡青洲の秘密主義—学者としてのあり方—

「毎日新聞」大阪面2016／8／7

大阪が生んだ偉大な小説家である司馬遼太郎（一九二三〜九六年）。本年すなわち二〇一六（平成二八）年は司馬の没後二〇年の節目にあたり、さまざまな形で司馬作品を振り返る企画が組まれている。わたしは司馬の小説やエッセーだけでなく、講演録を読むのが好きだ。司馬遼太郎記念館によれば、講演録は九〇以上を数えるという（『遼』第五九号）。講演録の中には、大阪が「大坂」と表記されていた江戸時代、すなわち近世大坂の風景が実に興味深く描かれているものもある。

本連載では、司馬が講演の題材にした近世大坂にゆかりのある人物の実績について、最近の研究動向も踏まえながら多角的に再吟味する。大坂は商いの都であると同時に学問の都でもあった、とわたしは推考する。学都、大坂の風景が現代人に教示することは何か。この点について、司馬遼太郎への手紙のつもりで論じたい。

司馬遼太郎記念館＝東大阪市下小阪で

さて、順天堂大学で一九八八（昭和六三）年一一月九日に行った講演「医学が変えた近代日本」（公刊）の中で、司馬は大坂で医学の私塾を開いた華岡青洲《はなおかせいしゅう》（一七六〇〜一八三五年）について、こう語る。「（華岡は）初めて麻酔というものを考えて、乳癌《がん》かなんか切り取ったそうですね。（中略）それほど天才的な医学者でありながら、やはり文化—学者としてのあり方—は日本風というか、東洋風でした。華岡青洲の塾の門人は、学校で習ったことは親兄弟といえども人にしゃべってはいけない。門外不出ということになっていました」と。そうなのだ。華岡青洲は弟子たちに華岡流の秘法・秘術を他門の人に漏らしてはいけないと厳命した。そして、この掟を破った者には厳しい罰則が与えられた。なぜ、華岡は秘密主義を徹底したのか。そして、なぜ華岡塾は大坂で大繁盛したのか。

02　一点突破力で大坂進出—華岡青洲の複線型人生—

「毎日新聞」大阪面2016／9／4

世界で初めて全身麻酔による乳癌摘出手術を成功させた華岡青洲について、司馬遼太郎は講演録の中で「天才的な医学者」と認めたうえで、華岡流医学が門外不出であった点を指摘した。これは前回（八月七日）紹介したことだ。そもそも青洲とは、どんな人物だったのか。

わたしが感じる青洲の魅力は、彼が公的に複数の顔を持ち続け、複線型人生を歩んだ点にある。紀州の那賀郡西野山村（現、和歌山県紀の川市）で生まれた青洲は京都で医学（漢方と蘭方）修行した後、地元へ戻り開業医をしながら麻酔薬開発を模索する。医師の顔以外に、青洲は大地主・春林軒《しゅんりんけん》（医学塾）経営者・紀州藩へ出仕した組織人としての側面を持ち合わせた。だから、青洲の収益は多角化する。拡大した収益を麻酔研究や外科手術道具開発の糧にしただけでなく、地域貢献（溜池《ためいけ》工事）のために拠出した史実も見逃せない。周囲の人々を巻き込みながら、医学界内外に大事な足跡を残した青洲のマネジメント力にこそ、わたしは学びたい。

さて、一八〇四（文化元）年に青洲は自ら考案した麻酔薬「通仙散《つうせんさん》」を用いて乳癌手術を試み成功する。通仙散はマンダラゲをはじめとした六種類の成分から構成される全身麻酔薬（飲み薬）で、青洲がその効能を確かめるため妻と母を実験台にしたことは有名だ。

麻酔学の畑埜義雄氏（和歌山県立医科大学名誉教授）によると、「通仙散は取り扱いが非常に難しく、患者をよく観察しながら絶妙な量を投与していた」ようだ。したがって、患者の生死に直結する投与の難しさを誰よりも痛感していた青洲は誤解を恐れ、自分が経営する春林軒で直に接した門下生にだけ華岡流医学を伝え、その内容を親兄弟といえどもしゃべってはいけない（門外不出）、としたのではないかというのだ。

合水堂（華岡流外科顕彰）の碑＝大阪市の中之島で

画期的な手術方法開発という一点が青洲の名声を高め、全国各地から多くの患者が紀州の彼のもとへやって来る。と同時に春林軒は入塾希望者で殺到した。そこで、大坂進出を決意した青洲は一八一六（文化一三）年、中之島に春林軒の出張所「合水堂《がっすいどう》」を開塾する。大繁盛した合水堂は、当時の大坂人にどう映ったのだろうか。

03 福沢諭吉が見た華岡塾生―近世大坂の学びの風景―

「毎日新聞」大阪面2016／10／2

近世（江戸時代）の私塾は、幕府諸藩の教育政策とは直接かかわりのない、自然発生的な学び舎《や》である。塾生数名のものから一〇〇〇名以上を数えるものまで、私塾の規模はいろいろだ。教育内容も、手習《てならい》塾のように寺子屋程度のレベルのものから、前回述べた世界初の全身麻酔による乳癌摘出手術を成功させた華岡青洲が開いた春林軒や合水堂のように当時の最高度の医学を教授するものまであり、私塾は実に多様性に富む。

司馬遼太郎が「天才的な医学者」と評した青洲は、華岡流医学を普及させるため一八一六（文化一三）年、大坂中之島に合水堂を構えた。青洲自身は故郷の紀州で開設した春林軒を活動拠点にしたので、合水堂は彼の末弟である華岡鹿城《ろくじょう》に任せる。春林軒と合水堂は診察と塾生指導の両方を担う医学塾であり、塾生総計が二〇〇〇名近くを数えた。

福沢諭吉胸像＝東京都港区三田で

さて、青洲死後も活況を呈した合水堂は、福沢諭吉（一八三五～一九〇一年）が所属した緒方洪庵《おがたこうあん》（一八一〇～六三年）の適塾とライバルになっていたようだ。一八五〇年代（嘉永～安政年間）の大坂体験を諭吉は、こう語る。「緒方塾の近傍、中ノ島に華岡という漢医の大家があって、その塾の書生は孰《いず》れも福生とみえ服装も立派で、なかなかもって吾々《われわれ》蘭学生の類でない。毎度往来に出逢うて、もとより言葉も交えず互いに睨《にら》み合うて行き違う」（福沢諭吉著『福翁自伝』）と。

道路で会ったら「睨み合う」のだから、華岡塾生と緒方塾生は、水と油の関係だ。ただし、諭吉は華岡塾を「漢医の大家」と述べるが、事実は違う。合水堂で教授された華岡流は、漢方と蘭方を折衷した医学だ。そして、塾生は座学だけでなく、鹿城や兄弟子らによる患者の治療方法を観察する機会にも恵まれた。医学史に精通する酒井シヅ氏（順天堂大学名誉教授）にうかがったところ、華岡流は外科の世界に麻酔という概念を導入し、手術の際、インフォームドコンセント（充分な説明に基づく同意）を重視した点が画期的だった。医師、特に外科医を目指すならば華岡塾。春林軒よりも交通の便が良い合水堂は、卒業後の将来保証が明確な私塾として、近世大坂の学びの風景を支えた。

「毎日新聞」大阪面２０１６／11／６

04　平尾ラグビーと適塾風景—内発的モチベーションが大事—

ラグビー日本代表の主将や監督を歴任した神戸製鋼ゼネラルマネジャーの平尾誠二氏が今秋、五三歳で亡くなった。「ミスターラグビー」と呼ばれた平尾さんの発想や言動は示唆に富み、わたしも大きな刺激を受けてきただけに、早すぎる死が残念だ。

著書『「知」のスピードが壁を破る』の中で、日本代表監督就任後の平尾さんはこう語る。「日本代表チームは、社会人と大学生からなるコンバインドチームである。（中略）要は寄せ集めということになる。（中略）たとえ二日酔いで練習に出てきても何も言わなかった。私の評価基準はグラウンドパフォーマンスがすべてである。動きの悪い人間は、それが実力だと判断されて次の合宿に呼ばない」と。また、ラグビーに対する内発的なモチベーションがなければ選手は伸びないと断言する同書を読みながら、或《あ》る風景を想起した。

それは、司馬遼太郎も敬愛した緒方洪庵が大坂で開いた適塾の風景だ。鎖国時代の蘭方医の洪庵が、二九歳の時に創設した適塾では、オランダ語を徹底的に学修させながら蘭学（西洋学）の摂取に努める。教師は洪庵だが、彼は患者の診療もあり多用だ。そこで、塾生の中で、よくできる者ができない者を教えるというシステムを採用した。

緒方洪庵の銅像＝大阪市中央区北浜で

適塾には塾頭《じゅくとう》と呼ばれる塾生全部の代表がいた。一時期、塾頭を務めた福沢諭吉の回想によると、洪庵の名声を聞き全国各地から集ったバックグラウンドが異なる塾生たちは、酒を飲んでは勝手気ままに乱暴をはたらいたという。料理茶屋の小皿を盗む、遊女のにせ手紙を書いて友人をかつぐ、わざと喧嘩《けんか》の真似をして繁盛《はんじょう》している店を早く店じまいさせるなど、およそ当時の若者にゆるされるかぎりのいたずらをして、青春を謳歌《おうか》していた。

しかし、こうした天衣無縫な生活が適塾の全てではない。一方では月に六回行われる「会読」という厳しい試験があり、蘭学に対するモチベーションが高く、なおかつ自助努力できる塾生のみが合格する。試験の合否だけが塾内での序列を決め、ダメな者は淘汰されていくのだ。平尾氏が語ったラグビー代表のありようと、適塾の風景は、わたしの中で通底している。

05 洪庵のたいまつの火―適塾人脈、函館で激突―

「毎日新聞」大阪面2016／12／4

「世のためにつくした人の一生ほど、美しいものはない」、という一文で始まる司馬遼太郎の作品がある。緒方洪庵の一生を描いた『洪庵のたいまつ』だ。洪庵は備中《びっちゅう》（現、岡山県）の人で、蘭学とくに蘭方医学を大坂・江戸・長崎で修行した後、二九歳の時に大坂へ戻り適塾を開き、全国各地から塾生を集めた。

適塾はオランダ語を徹底的に学修させながら西洋学の摂取に努める私塾であり、入門者の署名帳によれば六〇〇人以上の塾生総数を誇る。署名帳には記載がないが、実質的に適塾教育を受けた塾生は一〇〇〇人以上いるという推定もある。

適塾＝大阪市中央区北浜で

先の作品で司馬は、こう語る。「洪庵は、自分の恩師たちから引きついだたいまつの火を、よりいっそう大きくした人であった。かれの偉大さは、自分の火を、弟子たちの一人一人に移し続けたことである。弟子たちのたいまつの火は、後にそれぞれの分野であかあかとかがやいた」と。

洪庵のたいまつの火が、皮肉にも函館でぶつかった。適塾人脈が北の大地で激突したのだ。江戸幕府の蝦夷地支配の拠点、ならびに欧米列強の侵略に備える役割をもって創建された函館の五稜郭で、洪庵の弟子たちは明治維新後の一八六九（明治二）年に対峙した。いわゆる戊辰戦争の最終局面だ。日本初の洋式城郭である五稜郭の設計管理にあたったのは、適塾出身で西洋兵学者の武田斐三郎《あやさぶろう》。しかも、武田はその際、適塾の塾頭を務めた伊藤慎蔵が翻訳した『築城全書』を参考にしたという説もあり、五稜郭と適塾の関係は浅くない。

この時、五稜郭に立てこもり明治維新政府軍と戦った旧幕府軍の中心人物の一人に、適塾出身の大鳥圭介がいた。大鳥は旧幕府軍の陸軍奉行に選出され、新政府軍を迎え撃つ。五稜郭を攻撃する側である新政府軍を見ると、その戦略の総指揮をとったのが大村益次郎だ。大村は函館には自ら出陣しなかったものの、大所高所から五稜郭短期陥落に大きな貢献をした。大村益次郎も、やはり洪庵のたいまつの火を受け継いだ男である。弟子たちの激突を、あの世の洪庵は知る由もない。

「毎日新聞」大阪面2017／1／8

06 司馬遼太郎と松下幸之助―近代初頭の大阪風景―

あけましておめでとうございます。昨夏から月一度のペースで始めた本連載は、新年を迎え六回目となる。この半年間、読者諸氏から多くの読後感想を頂戴したことが、最大の収穫だ。感想の中には次のような内容もあった。「曽野教授の連載では司馬遼太郎が語る江戸期の大坂を主要な題材にしているが、扱う時代や視点をもう少し拡げたら、よりおもしろいのではないか」と。

こう提案下さった方は、東大阪市在住の毎日新聞定期購読者のF氏だ。そこで、今回は従前と趣を変えて、司馬遼太郎の対談集に注目する。ここでわたしが紹介したい対談は、『中央公論』一九七六（昭和五一）年八月特大号に収録された「現代資本主義を掘り崩す土地問題」。対談相手は、「どこで経営を学んだか」という質問に、決まって「大阪でんね」と答えたという松下幸之助（一八九四〜一九八九年）である。

「大坂」から「大阪」へ表記が変更された明治時代、その後の大正・昭和・平成を駆け抜けた松下幸之助は、松下電器産業（現、パナソニック）という世界的企業を一代で築いた紀州人だ。明治中期に和歌山県で生まれた幸之助は尋常小学校を中退し、わずか九歳で単身、丁稚奉公のため大阪へ出る。彼は働きながら、当時の大阪を代表する船場商人の

松下幸之助像＝門真市で

商売の真髄を自修する。幸之助のように「働きながら学ぶ、学びながら働く」というのは、近代初頭における大阪の風景のひとつだ。

独自の理念と先見性を持って経営に挑んだ幸之助の生き様は、「経営の神様」とも称され、多くの人々に今もなお大きな影響を与え続けている。そんな幸之助について、司馬は対談の中で次のように語る。「私は松下さんと同じ土地にいまして、こういう偉い人とはなるべく対面しないように避けていたのですが(笑)、今度は私の方からお願いして松下さんと対談したいと思い立ちましたのは、松下さんが日本で非常にすぐれた合理主義者だと思われるからです」と。

司馬遼太郎が「合理主義者」だと評した松下幸之助の九四年間の一生を振り返る時、わたしは別の或る日本史上の偉人を思い起こす。関西と非常に縁が深い、その偉人とは誰か。

07 松下幸之助と福沢諭吉―「一身二生」で生き抜く―

「毎日新聞」大阪面２０１７／２／５

司馬遼太郎が「非常にすぐれた合理主義者」だと評した松下幸之助の肉声や映像を含む資料群に、パナソニック本社に隣接する松下幸之助歴史館で接した。同館で展示されている豊富な資料は、大阪を主な舞台にして明治・大正・昭和・平成を疾駆した「経営の神様」と称される幸之助の事績について、実に分かりやすく物語る。

松下電器産業という世界的企業を一代で築いた幸之助は、一九四五（昭和二〇）年の第二次世界大戦終戦の時、五〇歳だった。その時、幸之助は九四年間の人生のターニングポイントを迎えた、とわたしは思う。終戦の翌年、ＧＨＱより財閥家族や公職追放の指定を受けた幸之助は深刻な資金難に苦しみ、物品税の「滞納王」と報道されたこともあった。

松下幸之助歴史館＝門真市で

しかし、戦後日本が奇跡の復興を遂げていく中、幸之助はオランダの電機メーカー・フィリップス社との提携をはじめとした新たな経営模索を連続しながら、松下電器の業績を急回復させていく。ここでわたしが注目したいのは、幸之助が人生のほぼ半ばで、歴史学の時期区分で言えば近代から現代への大転換期を体験している点だ。

歴史の大きな変わり目を生き抜くイメージを、一万円札の顔、福沢諭吉は自分の人生と重ねながら名著『文明論之概略』で次のように述べる。「一身にして二生を経るが如く、一人にして両身あるが如し」と。六六年間の人生を歩んだ諭吉は前半生を江戸時代に生き、後半生で明治時代を経験した。つまり、諭吉は近世から近代への劇的な変革の経験を、「一身二生」と捉えたのである。

諭吉流に言えば、近代から現代への変わり目を生き抜いた幸之助もまた「一身二生」の人だ。幸之助と諭吉は直接の接点を持たないが、類似点がいろいろある。ふたりとも大阪で学び働きながら青春時代を過ごした。ベンチャーとして始めた事業家であると同時に、人材養成に力を尽くした点も類似点として見逃せない。さらに両人とも説得力ある「語り」を武器とした。そして、ふたりは恩義を忘れない男であった。

「毎日新聞」大阪面2017／3／5

08 松下幸之助の理と情—紀州の里は世界につづく—

前回（二月五日）、司馬遼太郎が「すぐれた合理主義者」だと評した松下幸之助について江戸末期の大坂で生まれた福沢諭吉と比較して論じたところ、読者の男性からこんな重要な御指摘が舞い込んだ。「大阪府門真市に拠点を置いた松下電器産業を世界的企業に育てた幸之助は、確かに合理的で優れた経営者だが、自分の故郷に対して冷たい対応をするなど、薄情な面もある人物ではないか」と。

なるほど幸之助は出身地、和歌山県に工場をつくらなかった。今と違い、幸之助存命中の和歌山はインフラが充分に整備されていなかったことも一因であり、理にかなった判断でもある。幸之助の三大事業は松下電器産業とＰＨＰ研究所の創設、そして松下政経塾の開校だ。こうした事業が和歌山で積極的に展開し

四天王寺＝大阪市天王寺区で

た形跡はほとんどない。では、幸之助は故郷を見捨てたのか。わたしの答えは、ノーである。

『和歌山大学松下会館一九六一〜二〇一一』の共著者である岩橋泰子氏が収集した情報によれば、幸之助は故郷に大きな愛情をもって接している。まず、本業で多用の中、幸之助は一九六二（昭和三七）年に和歌山県経済顧問に就任し、県政運営のための多くの提言を行った。特に南紀白浜空港の実現は、幸之助の提言によるところが大きいようだ。

次に、和歌山発展のため、幸之助は非常に多くの寄贈を行っている。ほんの一例を挙げると、県内の教育環境整備のため和歌山大学の松下会館はじめ、高野山大学や和歌山県立医科大学の講堂などの施設建造に進んで貢献した。さらに、和歌山市立高積《たかつみ》中学校の校歌を作詞していることも興味深い。一九七九（昭和五四）年発足の同中学校の校歌の一節はこうだ。「紀州の里は世界につづく、たちばな香る外国に、積極果敢勇気にみちて、共に進まん共に進まん、われら高積中学校」。まるで故郷の中学生へ向けた、幸之助からの応援歌だ。

幸之助が茶室を寄付した四天王寺の界隈を散歩しながら、わたしはこう思った。松下幸之助は、理と情の人である。彼から学ぶべきことは、今もなお大きい。

09 働き方改革の本質は何か―松下幸之助の教示―

「毎日新聞」大阪面2017／4／9

司馬遼太郎が一九七六（昭和五一）年八月の『中央公論』誌上で対談した、「経営の神様」松下幸之助は、実に多くの著作や講演記録などを残している。それらの中で、幸之助が一九六七（昭和四二）年一月、大阪府門真市の成人式で語った内容が好きだ。

作家の北康利氏が著した松下幸之助の評伝によると、その成人式で幸之助は松下電器産業本社のある門真市への感謝を述べたうえで、成人した若者へ向け次のような重要な教示をした。「成人式を一つの大きな節として、今日から自分は自分自身というものを経営していくんだ、という考え方を持っていただきたい」と。「人生も経営だ」という発想である。

さらに幸之助は続ける。「個人の生活を経営だというふうに考える場合は少ない。けれども私は、これを経営と言ってみたい。『あなたの経営はどうやっているんや？』『私はこういう風にやって、こうやってるんだ』ということですね。そうしてみると自分の独立性というものがはっきり分かるようになります」と。

PHP研究所＝京都市南区西九条で

組織や誰か他人に依存するのでなく、独立独歩で生き抜くことの重要性を、幸之助は若者に説く。幸之助らしい示唆に富むメッセージだ。

ところで、現代日本では官民挙げて「働き方改革」なるものを模索中だ。この改革の本質とは何か。働き方改革で最も大事なのは、われわれ日本人が「自分らしく働き、生きる」というテーマに真正面から向き合うことであろう、と仮説を立てたい。

働き方改革は、政府や誰か偉い人物から促されて行うものでなく、自発的に模索すべきものではないか。そういえば松下幸之助こそが、まさに積極的に自分らしく働き、生きた先人だ。

先日、松下幸之助が京都に開いたＰＨＰ研究所を訪ねた際、幸之助の一生を振り返った。彼からわたしが教示された一番大切なことは、自分自身が人生の主人公だから、己の働き方や生き方を自発的に模索すべきだ、ということである。

「毎日新聞」大阪面２０１７／５／７

10　大阪慶應義塾という一手―福沢諭吉と関西―

司馬遼太郎は、現在の一万円札でおなじみの福沢諭吉についていろいろな場面で好んで語った。例えば、一九八四（昭和五九）年一一月一二日の神戸市勤労会館で行った講演「孫文の日本への決別」では、その冒頭で次のように語る。

「孫文先生についてお話しする前に、福沢諭吉の話をします。私は福沢諭吉が好きなんですが、彼にはちょっと理解できない部分があります。普通の人よりも、いっぷう飛び離れた部分があり、その部分は乾いている。ドライな人であります」と。

司馬が言う「ドライな人」とは、おそらく論理的で合理的精神の持ち主という意味である。そんな諭吉は、関西と非常に大きな縁を持つ。第一に、諭吉の生誕地は大坂だ。父親が中津奥平家（現、大分県中津市にあった大名家）の家臣として、同家の大坂蔵屋敷へ家族と共に赴任。その後、諭吉は大坂で生まれたのである。

第二は、蘭学者の緒方洪庵によって大坂で開かれた適塾が、福沢諭吉の母校だ。したがって、諭吉は青春時代を幕末の大坂で過ごした。第三に特筆したいことは、明治維新後の諭吉が、関西の各地で教育事業を興した史実だ。和歌山・大阪・京都・徳島などにおいてである。

福沢諭吉誕生地の碑＝大阪市福島区で

福沢諭吉は今風に言うと、ベンチャーとしての顔を持つ、まさに起業家である。慶應義塾という私立学校を江戸（東京）に創り、時事新報（日刊新聞社）や交詢社（社交倶楽部）などの事業を興したからだ。と同時に、諭吉は『学問のすゝめ』や『文明論之概略』など多数の著作を残した、一流のジャーナリストであったことも忘れてはならない。

さて、一八七三（明治六）年一一月に福沢諭吉は、大阪慶應義塾という一手を打った。東京の慶應義塾の分校を、大阪で起業したのである。当時、東京の慶應義塾で教員をしていた荘田平五郎（後に三菱財閥経営者へ転身）が、大阪でも義塾流の教育ニーズがあり繁盛するだろう、と提言したからだ。

11　福沢諭吉の損切り力―大阪慶應義塾の失敗―

「毎日新聞」大阪面2017／6／4

司馬遼太郎が「ドライな人」だと称した福沢諭吉は、前回（五月七日）の本欄で述べた通り、一八七三（明治六）年一一月に大阪慶應義塾を創立した。場所は今の大阪市中央区北浜二丁目で、そこに大阪慶應義塾記念碑が設置されている。

諭吉は東京と同様に大阪でも、慶應義塾が繁盛すると考えていた。というのも、当時の大阪では適塾や懐徳堂という有名な近世私塾が衰退し、開校したばかりの集成学校（大阪府立北野高校の前身）も非常に小規模な学舎だったからだ。つまり、競合校が少ないので勝算が見込めたのである。

大阪慶應義塾を創るにあたり、諭吉は東京府知事の大久保一翁の添書を得て、大阪府権知事であった渡辺昇へ設立願書を提出する。こうして、心斎橋筋の民家を借りて大阪慶應義塾は開かれた。

大阪慶應義塾記念碑＝大阪市中央区北浜で

「大阪慶應義塾開業報告」によれば、義塾では「英書、訳書、洋算、和算」の四科目が教示された。入学金は三円で、履修科目別に授業料は定められており、例えば「英書」の月謝七五銭という具合だ。なお、教員は東京の慶應義塾から派遣された。

しかし、福沢諭吉の目算通りに事は運ばない。生徒が思うように集まらないのだ。大阪慶應義塾の失敗を悟った諭吉は、一八七五（明治八）年六月に早くも大阪撤退を決意し、義塾を閉じる。すばやい損切り力《そんきりょく》を諭吉は発揮したのである。この経営判断を見る限り、合理的精神の持ち主という意味で、諭吉はやはり「ドライな人」なのだ。

大阪慶應義塾のランニングコストに見合う収入（授業料や寄付金など）が、見込めそうにない。であるならば、じたばたと大阪で生徒募集のための広報なんかに注力するよりも、大阪から迅速に撤退して全く違う別の一手を模索する、という生き方を選んだ福沢諭吉。この損切り力こそ、幕末維新をしたたかに生き抜いた諭吉の魅力の一つであり、変革期を迎えた現代の教育関係者、特に私学の経営者はそこから学ぶべきだ。

それにしても、なぜ大阪で慶應義塾は失敗したのか。不振原因に関する通説とは違う仮説を、次の機会に語りたい。

「毎日新聞」大阪面２０１７／７／２

12　大阪慶應義塾の敗因―地元との連携力が大事―

司馬遼太郎がいろいろな場面で好んで語った福沢諭吉は、一八七三（明治六）年一一月に、大阪慶應義塾を創立した。しかし、残念ながら生徒が思うように集まらない。創立の翌々年に早くも大阪撤退を決意し、義塾を閉じる。この迅速な経営判断は「諭吉の損切り力」によるものだ、と前回（六月四日）本欄で評した。

ではなぜ、諭吉の生誕地である大阪で、義塾は失敗したのか。慶應義塾福沢研究センターの西澤直子教

大阪撤退を決意した当時の福沢諭吉が、東京で新設した三田演説館（重要文化財）＝東京都港区三田で

授は、当時の大阪で義塾に生徒が集まらなかった理由について、次のように指摘する。「大阪以外の学生にとっては東京に出るのも大阪に行くのも費用や手間の点では変わりがなかったこと、教員が固定化せずに頻繁に変わったこと、依然商人に学問は不要とする気風があったこと」

この西澤説は有力な考え方として慶應義塾福沢研究センター編『慶應義塾史事典』（義塾創立一五〇年プロジェクトの一つとして刊行）で記されたものであり、示唆に富む。しかしながら、西澤説とは違う大阪の義塾不振原因があった、とわたしは推し量る。

というのは、大阪の義塾と同様で教員が流動的にもかかわらず、福沢諭吉が維新後の和歌山で紀伊徳川家と強く連携して開校した新タイプの諸学校は大きな成果を出しているからだ（和歌山県教育史編纂委員会編『和歌山県教育史』第一巻）。また、西澤教授は当時の大阪には「商人に学問は不要とする気風」が存在したように説かれるが、江戸後期から維新にかけての大坂では、豪商が資金を出し合い学問を振興した史実があることを忘れてはならない（湯浅邦弘編著『懐徳堂事典』）。

したがって、西澤説を尊重したうえで仮説として付け加えるならば、大阪慶應義塾の一大敗因は、地元大阪の有力者や組織と連携し、新しい教育ニーズを掘り起こす努力が諭吉サイドで弱かった点にある。大阪と和歌山の事例を比較した時、新設学校の成否は、地元との密接な連携力によって決まる側面がある。国公私立を問わず、新しい大学や学部を構想中の現代の教育関係者は、この点を肝に銘じたいものだ。

13　徳島慶應義塾の誕生―福沢諭吉の厚かましさ―

「毎日新聞」大阪面2017／8／6

司馬遼太郎は一九九〇（平成二）年四月二五日に同志社大学で行った講演会で、次のように語った。「私立大学というものは宗教と同じだと思っているところがあります。たとえば、キリスト教にはイエスという教祖と、バイブルという聖書がなければ成り立ちません。慶應大学は福沢諭吉という教祖がいて、『福沢全集』と『福翁自伝』が聖書になっています。これを持たない大学に比べると、ずいぶん幸福だと思います」

さらに司馬は、こう続ける。「同志社の新島襄先生は控えめな方でした。福沢諭吉のような、どこに行っても動じないというような、いい意味での厚かましさのある人ではなかった。そのため自伝は書かれなかった」と。

司馬が語る福沢諭吉と新島襄に関する寸評は、なるほど興味深い。新島が「控えめな方」であったか否かは分からないが、確かに諭吉には「厚かましさ」を感じる側面がある。わたしが諭吉に感じる「厚かましさ」は、彼自身の教育構想や事業展開を成功に導くための、少しばかり強引な提案力や説得力に起因している（寺崎修編『福沢諭吉の思想と近代化構想』）。

『慶應義塾史事典』＝四天王寺大学・曽野研究室で

例えば、前回（七月二日）述べたように、一八七三（明治六）年一一月に創立した大阪慶應義塾は失敗し廃校する運びになったが、福沢諭吉は単純な損切りにはしなかった。つまり、大阪慶應義塾に集った生徒や、そこで働く教師たちの、廃校後の行先確保をめざし関係各位と厚かましいほど積極的に交渉していたと推察する。

結論を言えば、一八七五（明治八）年六月に大阪慶應義塾は廃校したが、同年七月には義塾の校長はじめ生徒の大部分がそのまま大阪から徳島へ移り、徳島慶應義塾が誕生する。徳島の政治結社自助社が毎月一〇〇円の維持費を拠出する約束で、大阪慶應義塾を誘致したからだ。旧藩主蜂須賀家の東御殿に開設した徳島慶應義塾の、当初の生徒数は四九名。その内、大阪からの移籍組は四〇名であった。

大阪や徳島での義塾開校とほぼ同時期に、福沢諭吉は京都慶應義塾も構想している。なぜ、これほどまでに諭吉は関西に注目し、行動力を発揮したのであろうか。この点は、わたしが執筆者として参画した『慶應義塾史事典』においても充分な解明ができていないので、ぜひ別の機会に論じたい。

「毎日新聞」大阪面2017／9／3

14　司馬遼太郎の若者論問い直す―教員免許更新講習とわたし―

わたしは今夏も、四天王寺大学で「教員免許更新講習」を担当した。現在、幼稚園や小中高の学校で働く教員の免許状には、一〇年間の有効期限が定められている。免許状を更新するためには所定の期間内で、文部科学大臣の認定を受けた三〇時間以上の更新講習を修了しなければならない。そうしないと、免許状

教員免許更新講習が実施される四天王寺大学＝羽曳野市で

は失効する。

この更新制は教員としての適格性の確保や、専門性の向上に資する政策の一手として二〇〇九（平成二一）年度に導入されたものであり、当初からわたしも講習担当の大学教授として関与している。幼小中高の先生方の資質能力を維持・発展させる一助として、継続的に大学教授ができることは何か。この視点を常に念頭におきながら毎年、更新講習に臨んでいる。

さて、去る八月二一日〜二二日にわたしが担当した更新講習「教育原論」（計一二時間、参加定員四〇名）では、現代日本の教育改革の諸論点と共に、司馬遼太郎の若者論を取り上げた。司馬は一九八五（昭和六〇）年八月八日、高知県で行った「坂本龍馬生誕一五〇周年記念講演」で次のように語った。

「近ごろ、頼りなさそうな、かげろうのような青年が増えてきた気がしています。こういう人々が、はたして立派な市民として将来やっていけるのだろうか。日本全体の電圧が低下しているのでしょうか」

なんとも悲観的なイメージを、司馬は三二年ほど前の日本の若者に対して抱いていたのだ。司馬が「頼りなさそう」に感じた当時の若者は、今では五〇歳前後の働き盛り世代である。実はこのたび担当した「教育原論」には、この世代の先生方が多く参加していた。そこで、わたしは先生方にこう質問した。①当時の司馬による若者論あるいは若者イメージを、どう評価しますか。②先生方が今まさに担当している若者（児童生徒）たちは、皆さんにはどう映りますか。

司馬の言説を手がかりにして、このたびの四天王寺大学における更新講習は、「いまどきの若者論」へと展開していった。まさに真夏の、大阪の学びの風景だ。

「毎日新聞」大阪面2017／10／1

15　龍馬が認めた陸奥宗光―司馬遼太郎の若者論再考―

司馬遼太郎は一九八五（昭和六〇）年八月に高知県で行った「坂本龍馬生誕一五〇周年記念講演」において、ある人物をこう評した。「明治二〇年代に外務大臣をつとめ、日本の外交史上、不世出の働きを残した人でした。紀州の出身で龍馬が好きでたまらなかった」と。

司馬が紹介したこの人物こそ、紀州が生んだカミソリ大臣、陸奥宗光（一八四四～九七年）だ。幕末に紀州藩を脱藩した陸奥は、土佐藩脱藩の坂本龍馬に見込まれて、龍馬の亀山社中や海援隊で活躍する。龍馬は陸奥のことをさして、「刀を捨ててもこの世で通用するのは彼と俺だ」と激賞していたらしく、まさに両者は認め合う間柄だった。

陸奥宗光像＝和歌山市で

薩長同盟を成立させた龍馬が京都で暗殺された後、維新の動乱期を紆余曲折しながら生き抜いた陸奥宗光は、第二次伊藤博文内閣で外務大臣として入閣する。サウジアラビアやタイ王国で特命全権大使を歴任した故・岡崎久彦氏によれば、四年以上続いた伊藤首相と陸奥外相のコンビが優れていたからこそ、幕末以来の不平等条約改正や日清戦争勝利が導けたという。

大きな足跡を残した龍馬や陸奥を念頭におく司馬遼太郎は、先の高知の講演で、「近ごろ、頼りなさそうな、かげろうのような青年が増えてきた気がします。（中略）日本全体の電圧が低下しているのでしょうか」とも語る。講演が行われた一九八五（昭和六〇）年当時、日本はバブル期に突入していた。バブルのような好景気に沸き始めた頃の若者と、龍馬や陸奥との違いは何か。これは日本の若者論を吟味するための、司馬が示した大事な論点かもしれない。

ところで、『陸奥宗光とその時代』の中で岡崎久彦氏が、こんな逸話を披露する。幕末期の陸奥は逃げる練習をしていた。「向こうが刀を抜いたら、こちらも武士だから尋常の勝負をしなければなどといって、くだらないやつと斬り合って怪我でもしたら損だから逃げる」というのだ。斬り合いをせずに逃げることから始めて、次々にいわゆる士道のタブーを乗り越えて、近代日本の先導者の一人になった陸奥宗光。時には「逃げる」という一手を重視した陸奥の合理主義は、現代人にとっても示唆に富む。だから、わたしは今、四天王寺大学で陸奥の個性を論じ始めている。

16　逆境時代の陸奥宗光―獄中で勉強三昧―

「毎日新聞」大阪面2017／11／5

大阪市天王寺区夕陽丘にある四天王寺支院・真光院の近くに、司馬遼太郎が一九八五（昭和六〇）年八月の講演で「日本外交史上、不世出の働きを残した人」と激賞した陸奥宗光の墓があった。紀州藩勘定奉行を務めた陸奥の実父である伊達宗広が、この地を愛し「夕日岡《ゆうひがおか》（夕陽丘）」と名付け墓所と定めたから

陸奥家墓所跡＝大阪市天王寺区で

だという。

ちなみに、陸奥という名字は、伊達が陸奥の国の一群の名であるので、一群よりも一国の名を名乗ろうということで、後に陸奥宗光自身がつけたものだ。志を大きく持とうという、当時の気風をあらわしていると推察できる（岡崎久彦著『陸奥宗光とその時代』）。

近世末の大坂最大級の漢学塾である泊園書院で学んだ経験を持つ陸奥宗光は、幕末期に坂本龍馬の海援隊で活動した後、明治新政府に外国事務局御用掛として出仕する（同期に伊藤博文）。その後、摂津県や兵庫県の知事などを歴任し、陸奥の前途は洋々かと思われた。

しかし、陸奥は一八七八（明治一一）年から四年余りの間、獄中につながれる。一八七七（明治一〇）年に西郷隆盛一派がおこした西南戦争に呼応し、政府転覆を謀った土佐立志社系の動きに加担したとして逮捕されたのだ。もともと陸奥は龍馬の海援隊以来、土佐派との関係が深く、立志社系の陰謀に参画してしまったのであろう。

入獄直後、陸奥はこんな詩を残し、悔恨の情を表現した。「自らを謂《い》ふ、功名手に唾して取らんと、粗豪身を誤ること三十年」

あまりにも自信過剰で、やることが傍若無人だったと反省した陸奥は、出獄後の飛躍をイメージしながら獄中で勉強三昧の時間を過ごす。注目すべきは、陸奥がイギリスの学者で功利主義の主唱者、Ｊ・ベンサムの著作の翻訳に没頭した点だ。獄中の翻訳作業を通して、最大多数の最大幸福を追求するアングロ・サクソン風の自由民主主義の理解に努めたことが、後年、外務大臣として陸奥が活躍する素地になった。

そう、わたしは推し量る。

「毎日新聞」大阪面2017／12／3

17　陸奥宗光の新視点―猛山学校の衝撃―

近現代日本政治史の専門家で、オーラルヒストリーの第一人者でもある御厨貴《みくりやたかし》・東京大学名誉教授と過日、食事を共にする機会があった。ひきあわせて下さったのは仁坂吉伸《にさかよしのぶ》・和歌山県知事で、会食の目的は秋分の日に実施した「没後一二〇年、陸奥宗光シンポジウム」（同県主催、外務省後援）の打ち合わせだ。

かつて司馬遼太郎が「日本の外交史上、不世出の働きを残した人」と高く評価した陸奥宗光は紀州の生まれで、大坂の泊園書院（漢学塾）で学び、維新後に兵庫県知事を務めるなど何かと関西との縁が深い。

粉河寺本堂＝紀の川市で

　御厨名誉教授によれば、陸奥は幕末以来の不平等条約改正や日清戦争勝利に導くなどの偉業を成し遂げた優れた政治家だった。そして、陸奥は薩長藩閥と必ずしもなじんだわけでなく、しかも自分の派閥を作るのがあまり好きではなかったらしい。政治史の立場で見た、陸奥宗光評である。

　そのうえで、わたしは教育史の中で陸奥を再吟味したい。陸奥研究の新視点になり得る、興味深い史実があった。どうやら明治初期の陸奥は、同志たちと一緒に私立学校を作り、次代のリーダーの養成を企図していたようだ。つまり、陸奥は近代日本を共に牽引するための、見識や志を共有できる若き仲間あるいは新勢力形成を熱望していたと推測する。

陸奥が開設を促し、彼の同志たちが運営した学び舎の名を猛山学校という。一八七七（明治一〇）年に陸奥の故郷である和歌山県で誕生した同校は個性的な教育風景を創り出し、各地に衝撃が走ったため、他府県からも多数の学校見学者が訪れた。

猛山学校の特徴の第一は、開設場所が西国第三番札所の粉河寺境内であった点だ。当時の粉河寺周辺は門前町として栄え、人・モノ・情報・お金の流通拠点だった。にぎわう町の中心に位置した名刹で創立できた事実は、広報上、有益だった。第二の特徴は学校規則や授業科目に認められる。これらには大阪をはじめとした関西と深いかかわりを持つ、ある啓蒙思想家の発想が反映していた。

「毎日新聞」大阪面２０１８／１／７

18　西郷隆盛が評した福沢諭吉―猛山学校の先進性―

明治維新から一五〇年を経た現代日本は、北朝鮮問題や尖閣諸島問題など安全保障に直結する困難な外交課題を抱えている。こんな時、司馬遼太郎が小説や講演で詳しく論じた維新の英雄たちならば、課題解決へ向け、どんな一手を打つだろうか。

今年のＮＨＫ大河ドラマの主人公は西郷隆盛であり、維新三傑の一人だ。今回は、従来あまり語られることがなかった西郷像の一つを紹介したい。『西郷隆盛と明治維新』の中で、著者の坂野潤治氏（東京大

西郷隆盛像＝鹿児島市で

学名誉教授）が次のように指摘する。

「いわゆる征韓論争で敗れて郷里の鹿児島に帰っていた西郷が、幕末期に交流のあった欧米文明の鼓吹者たちにくらべて、福沢諭吉の著作が抜群にすぐれていることを発見していた」と。

幕末期に佐久間象山や勝海舟などから海防論を吸収していた西郷が、彼らと比べて諭吉を非常に高く評価していた、と板野氏は説くのだ。そういえば、わたしが客員所員を兼務する慶應義塾福沢研究センターの史料によれば、西郷の推薦で福沢門下生になったと思われる若者が少なからず確認できる。西郷隆盛と福沢諭吉の関係性を再吟味することは、これからの維新史研究論点の一つかもしれない。

さて、西郷が認めた福沢諭吉は大坂生まれで何かと関西と縁がある。前回（一二月三日）の本欄で述べた陸奥宗光が開設を促し、彼の同志たちが運営した猛山学校にも福沢諭吉の影響が発見できる。同校は一八七七（明治一〇）年に陸奥の故郷である和歌山県で誕生した。学校規則や授業科目・方法における先進性が注目された同校は、当時の文部省から私立中学校としていち早く公認された。

注目すべき第一は、猛山学校の規則が慶應義塾のそれを範としていた点だ。注目の第二は、同校では生徒がものごとを自分で考える力や自らの主張を演説できる能力の育成を目指した点である。一八七五（明治八）年に大阪慶應義塾構想に失敗した福沢諭吉。その二年後に紀州で諭吉の教育構想が、彼の門下生の指導力で展開し始めた。

19 読者に応える明治の個性―教育ベンチャーの季節―

「毎日新聞」大阪面2018／2／4

東京の慶應義塾の規則を範として、一八七七（明治一〇）年の紀州で開校した猛山学校について前回（一月七日）紹介したところ、熱心な読者から次のような御質問がEメールで届いた。

「猛山学校が誕生した頃の日本は、反政府的な自由民権運動が盛んでした。当局はピリピリしていたから、自分の意見を自在に発信する力を育もうとした同校は、やはり政府や文部省からにらまれたのでしょうか」と。

この問いは、教育史上の明治前期の個性を考えるうえで重要だ。確かに読者の御指摘のとおり、猛山学校が開かれた年は西郷隆盛の西南戦争だけでなく、各地で政府批判をする自由民権運動が激化し始めていた。生徒の演説向上を試みた猛山学校も、実は民権結社と強い関係を持っており、当局は必ずしも同校に対して好意的でなかったようだ。

福沢諭吉が開いた交詢社＝東京・銀座で

ところが、文部省は猛山学校を単純に敵視するのでなく、私立中学校として公認した。というのは、当時の文部省は小学校普及と大学充実に力点をおいたので、中学校をはじめとする中等教育を規制する余裕がなかったのだ。

規制が非常にゆるいので、関西においてもこの時期、現代の常識では考えにくい特徴を持つ中等諸学校が林立した。紀州の猛山学校もその一つであり、政治色の濃さも強みにする私立中学校として耳目を集めた。

こうした中等教育に対する規制がゆるい状況は、初代文部大臣の森有礼による一八八六（明治一九）年の学制改革が実りをあげるまで続く。すなわち、それ以前の明治前期は、新しいタイプの中等諸学校が個性を競い合う教育ベンチャーの季節であった。

明治初期の大阪における福沢諭吉の失敗も、教育ベンチャーの季節の風景を物語っている。地域の教育面における市場調査を誤れば、たとえ諭吉の教育構想が素晴らしいものであっても失敗する。この史実は、今の学校経営に携わる者に大きな教示を与えている。

20 大阪の強みとは何か―寛大な土壌、先進性育む―

「毎日新聞」大阪面２０１８／３／４

大阪はいま、わたしが住んでいて、職場の四天王寺大学がある土地だ。その大阪について、司馬遼太郎がおもしろい講演録を残している。「大阪商法の限界」という演題で、一九六八（昭和四三）年一一月の大阪商工会議所で語ったものである。

司馬はこう述べる。「歴代の大阪商工会議所の会頭、副会頭の方々の出身県をうかがいますと、純粋の大阪人はあまりいません。明治以後、工業をおこしたり産業をおこしたりといった分野で活躍した大阪人はほとんどいません」と。

そういえば、明治以後だけでなく、「大坂」と表記された江戸時代もまた同様で、生粋の大坂人よりも、

講義中の曽野洋＝四天王寺大学で

よそ者の活躍が目立った。例えば江戸後期の大坂で有名な私塾創設者も、よそ者が多い。すでにこのブックレットで述べた医学（外科）塾の合水堂を開いた華岡鹿城は紀州人であり、泊園書院という漢学塾を創立した藤沢東《とう》畡《がい》は四国の高松出身だ。また、蘭学の適塾を開設した緒方洪庵も大坂でなく岡山の生まれである。こうした私塾は先進性に富む学問を提供したので、全国各地から大勢の塾生が大坂へ集うことになった。

そもそも大坂は豊臣秀吉が都市開発した時に、全国から文化の異なる多くの商人を集めた。一攫千金を夢見た有象無象を、大坂は寛大に受容した土壌だった。そして、身分に関係なく才覚のある者だけが生き残るという実力主義社会ができた。

こうした土壌の中からやがて、一七三〇（享保一五）年に江戸幕府が公認した堂島米会所というコメの卸売市場が形成される。堂島では収穫前にコメを売買する先物取引が盛んに行われたので、浮き沈みも激しく取引参加者の顔ぶれが頻繁に変わった。彼らは買いたい時に買い、売りたい時に売れるという自由自在な取引を求め、全国から大坂へ集う。そして、彼ら自身が取引の仕組みを次々と作り替え、近代の証券取引所に近い金融市場のような先進性を堂島で育むことになる。

大坂以来の大阪の強みとは、よそ者でも誰でも寛大に受容し活用する点にある。体面を気にせず背景の異なる多様な人材を受け入れるところが大阪らしさだ。この点を認識しながらわたしは、いま大阪の四天王寺大学を拠点の一つとして、教育研究活動に微力を尽くしている。

21　通底する世耕弘一と福沢諭吉―今に生きる真の「実学」―

近畿大学「校友会報」五六号2020／10／20

一九四五（昭和二〇）年八月、日本は終戦を迎えた。戦後の食糧難の時代に、近畿大学創設者・世耕弘一（一八九三～一九六五年）は次のように語り、一九四八（昭和二三）年に近大水産研究所の前身である臨海研究所を和歌山県白浜町で開く。

弘一は強調する。「日本人全員の食糧を確保するには、陸上の食糧増産だけでは不十分だ。海を耕し、海産物を生産しなければ日本の未来はない」と。

開設後、同研究所は試行錯誤を繰り返し、タイやハマチなどの養殖に成功する。そして、養殖した魚を売って研究資金を捻出し、二〇〇二（平成一四）年にはついに世界で初めてクロマグロの完全養殖を成し遂げた。この「近大マグロ」について、弘一の孫で、現在は近大経営戦略本部長を務める世耕石弘氏が著書『近大革命』でこう述べる。

「近大マグロは広報・広告的に奇跡の産物だと思っています。なぜなら、三二年という長きにわたる研究ストーリーがあります。（中略）ただし、私たちがＰＲしているのは、近大マグロそのものではありません。その背後にある実学教育という建学の精神なのです」と。

そうなのだ。近大の大きな魅力の一つは、建学精神を世界初の養殖マグロという具体例で発信できる点にある。創設者・世耕弘一が残した、「独創的な研究に挑むこと。そして、その研究成果を社会に生かし、しかも収益を上げること」という「実学」コンセプトが今に生きている。これが私学としての近大の真の

近畿大学水産研究所の前に立つ世耕弘一（左から2人目）＝近大提供

強みである、とわたしは確信する。

　さて、若き日の弘一がドイツ留学した際、紀州徳川家も彼を支援した。この点は、弘一がしたためた「ドイツ留学の憶《おも》い出」の中で明らかだ。実は、明治維新後の紀州徳川家に、弘一のような俊秀の学びを応援するための仕組み創りを提言した人物がいたのだ。それは、福沢諭吉である。

　福沢諭吉といえば、「実学」重視を徹底した男だ。諭吉の「実学」はさまざまな形で解釈され、誤解されている側面もある。そこで、この一点を強調しておく。諭吉が「実学」に「サイヤンス」とわざわざルビ付けしている場合がある点だ。科学的根拠を持った実証性のある学問が、諭吉の「実学」イメージであり、弘一のそれと通底している。わたしは、世耕イズムと福沢思想の比較考察に着手した。この考察の中には、新型コロナ禍などで激動する今の社会を生き抜くヒントが満ちている。

22 演説重視の世耕弘一と福沢諭吉―わたしが実感した「早慶近」―

近畿大学「校友会報」五七号2021／10／21

学生時代のわたしは、慶應義塾大学弁論部の代表として、近畿大学主催「第三二回・世耕杯争奪・全日本学生弁論大会」に出場し、近大本部で講演したことがある。手もとにある同大会パンフレットによれば一九八四（昭和五九）年一一月一九日のことで、わたしの演題は「望ましい教育改革とは何か」だ。

一九八〇年代半ばの早稲田大学雄弁会や慶應義塾大学弁論部と並び、近畿大学弁論部は非常に元気だった。私見では、まさに「早慶近」だ。当時の近大弁論部員は「世耕杯」にプライドを持ち、弁論大会を運営するにあたり多くの後援者・協賛者を集めることに成功し、にぎにぎしく他大学の弁論部員や雄弁会員たちを近大で迎えてくれた。この「世耕杯」は、もちろん近大創設者・世耕弘一にちなんだものである。

第32回・世耕杯争奪・全日本学生弁論大会パンフレット＝曽野洋所蔵

朝日新聞記者や日本大学教授、さらに衆議院議員として経済企画庁長官などを歴任した世耕弘一は、若い頃から自説を分かりやすく他者に語ることに注力した。日大在学中の世耕が雄弁会に所属し、各種雄弁大会で活躍したことからも、それがうかがい知れる。自分の得た知見や知識が、演説することにより個人のものに留まらず、社会全体の共有物となって活用される。学問と政治を志した世耕弘一は、こう考えて、若い頃から演説重視を貫いた。

こうした世耕の姿勢は、大坂生まれの福沢諭吉のそれと通底する。英語の「スピーチ」を「演説」と訳した人物としても知られる福沢は、「学問の要は活用に在るのみ」（『学問のすゝめ』）と力説し、読書のみにとどまらず知識を他人と交換し、よりその質を高める方法の一つとして演説を重視した。そして、私財を投じて、一八七五（明治八）年に日本初の演説・討論の実践のための施設「三田演説館」を、東京の慶應義塾構内に開設した。

新型コロナの影響などで社会が大変動する今こそ、世耕弘一や福沢諭吉が演説を重視した本当の意味をかみしめながら、大学人としてわたしは言論活動（オンラインも含む）に微力を尽くしたい。そのうえで、創立百周年へ向けた近大の重要論点の一つを強調しておく。それは、世耕イズムや私学としての自らの来歴を追究すべき近大「不倒館」を、アーカイブズとしてどう充実させるかだ。この点にも近大発展のカギがあり、別の機会に詳述予定である。

近畿大学「校友会報」五八号2022／11／9

23 「海を耕せ」の世耕弘一—魅力磨いた人生の遍歴—

近畿大学東大阪キャンパスにある「不倒館」＝創設者・世耕弘一記念館を訪問し、弘一の魅力について考える機会に恵まれた。同館で展示物や資料などを吟味しながら、わたしは中曽根康弘著『リーダーの条件』中の文章を想起した。

「戦後政治の総決算」をスローガンに掲げ、国鉄の分割民営化など歴代内閣の懸案事項を処理した中曽根元首相は同書の中で、優れた指導者の要件として目測力・説得力・結合力・人間的魅力の四点を掲げ、

世耕弘一肖像画と人力車＝不倒館で

こう力説する。「目測力とは、この問題はどのように展開して行き着く先はどこなのか。それをしっかり把握できる能力です。説得力とは内外に対するコミュニケーションの力のこと。結合力というのは、よい政策と情報と、よい人材とよい資金を結合させる力です。そして以上のことをまとめ、遂行するには人間的魅力が不可欠です」と。

こうした要件を充分に備えた先人のひとりが、世耕弘一であろう。「海を耕せ」。第二次世界大戦後の食糧難の時代に弘一が放ったこの発想が、一九四八（昭和二三）年に和歌山県白浜町で開設した近大水産研究所の前身、臨海研究所へと結び付く。世界初のクロマグロの完全養殖成功へとつながった第一歩だ。

さて、弘一は一八九三（明治二六）年三月、和歌山県東牟婁郡敷屋村（現、新宮市熊野川町）にて農業を営む父佐七と母しげの第九子として生まれた。地元の高等小学校卒業後の足跡が実に興味深い。一九〇六（明治三九）年に小学校を卒業した弘一は、まず新宮の材木店で丁稚奉公した。次に、東京・深川の材木店へ転職し、さらに旧満州（現、中華人民共和国東北部）へ渡りビジネスチャンスを探ったが挫折したようだ。帰国した弘一は、東京で人力車の車夫（今で言えばハイヤーの運転手）をはじめとした仕事に精励しつつ、勉学にも集中する。

こうして、学費を自助努力で捻出して日本大学を一九二三（大正一二）年に卒業した弘一は、いよいよ新たな挑戦のときを迎える。大学卒業後の弘一は朝日新聞記者、ドイツ留学を経て、教育界（母校・日大教授）と政界（衆議院議員）をまたぎながら活躍するのだ。挫折を含む人生の遍歴こそが弘一の人間的魅力を磨いた、と推考する。そのうえで、その遍歴を物心両面で支えた人脈があったことも忘れてはならない。弘一の遍歴力と人脈形成力の源泉を、『和歌山県教育史』全三巻の編纂委員を務めたわたしは、近代紀州の風土の中に認める。この点は、ぜひ別稿にて論じたい。

24　幕末私塾に学ぶ、ゼミ生選抜の方針―レベルあわせてタイプちらす―

「毎日新聞」和歌山面2022／2／11

二〇二二（令和四）年度から四天王寺大学にて、わたしが担当する「地域史研究」ゼミナールの学生募集をしたところ、ゼミ定員数を超過する希望者が集まった。そこで、ゼミ生選抜をすることになった。選抜にあたり心がけている方針の一つが、「レベルあわせてタイプちらす」である。

復元された春林軒＝紀の川市で

大学入学後の成績が、一定水準以上でキープできているか否か。さらにゼミ志望動機などを的確に自分の言葉で表現できるか否かなどという能力を、まず重視したい。つまり、こうした点でゼミ生のレベルをあわせるのだ。そのうえで、ゼミ生のバックグラウンド（出身高校や部活動などを含む）の多様性を確保したい。つまり、できるだけタイプの異なる学生にゼミへ集ってもらい、ゼミ生どうしで切磋琢磨《せっさたくま》してほしいのだ。これが、タイプをちらすというイメージである。

上記した「レベルあわせてタイプちらす」という方針に成功した私塾が、幕末の紀州や大坂に実在した。すでにこのブックレットにて紹介した、紀州那賀郡西野山村（現、紀の川市）で生まれ、世界初の全身麻酔による乳癌摘出手術に成功した華岡青洲が同村で開いた春林軒や、青洲の末弟・華岡鹿城が大坂の中之島で設立した合水堂という医学塾である。

春林軒と合水堂は診察と塾生指導の両方を担う医学塾であり、開塾時から幕末に至るまでに総計二〇〇〇名近くの、バックグラウンドの異なる俊秀を全国各地から集め、塾生たちを競わせることに成功した。少々大げさに言えば、わたしが理想とする大学ゼミナールは、春林軒や合水堂に代表されるような、塾に集った若者たちが学びの競演をした、幕末期の私塾に近いのかもしれない。

さて、合水堂で華岡流医学を吸収しようとする医師の卵を主人公にした、村上もとか氏が描く「侠医冬馬」という連載漫画が、現在進行中である。虚実入り混じらせながら、幕末の若者たちの葛藤や試行錯誤も、実に豊かなタッチで描かれている作品だ。テレビドラマ化された漫画『ＪＩＮ―仁―』でも有名な、村上もとか氏。彼が描き出す歴史像は、現代人の心に響く。なぜか。

25　華岡門下生、福沢諭吉と剣を交える―現実味帯びる村上もとか作品―

「毎日新聞」和歌山面２０２２／３／11

村上もとか氏が連載中の漫画『侠医　冬馬』は、江戸末期の大坂で紀州発祥の華岡流医学を吸収しようとする医師の卵を主人公としたフィクションである。フィクションだが、その内容は現実味を帯びた魅力

華岡家墓石群＝紀の川市で

的な物語になっていて、実におもしろい。

世界初の全身麻酔による乳癌摘出手術に成功した華岡青洲。青洲の末弟・華岡鹿城は、兄が考案した画期的な外科学を普及させるため、幕末の大坂・中之島で合水堂という医学塾を開く。全国各地から合水堂へ集った塾生たちの中に、村上作品の主人公・冬馬という青年がいた。

作品の中で、こんなシーンが描かれている。冬馬たち塾生が大坂の街を歩いていると「合水堂めブチ殺したる」と叫びながら、酔っ払った男たちが絡んでくる。酔っ払いの中に、なんと福沢諭吉がいた。士分で剣術に長けた医師の卵という設定の冬馬は、その場で酔っ払った福沢と剣を交える。

上記のシーンはもちろんフィクションだが、ありえない絵空事とも言えない。実のところ酔っ払いの男たちというのは、合水堂のライバル校・適塾の塾生という設定なのだ。

幕末の大坂で蘭方医・緒方洪庵が設立した適塾は、合水堂の近所にあり、両塾の塾生たちはなにかといがみ合っていた。そして、福沢は無類の酒好きで、居合を得意とした適塾生だ。これらは史実である。非常に上手く虚実入り交らせながら、物語をテンポよく展開させるところに村上作品の魅力がある。村上氏が幕末医療風景を描いた漫画『JIN—仁—』もそうだが、彼の作品には現実味がある。時代考証の正確さが、光っているのだ。

『JIN—仁—』と『侠医　冬馬』の監修者は、日本医史学会理事長などを歴任した酒井シヅ・順天堂大学名誉教授だ。酒井先生とわたしは、お互いにパネリストとして参加したシンポジウム（於、明治大学）で同席したことがある。そのとき、あることを先生から学んだ。医史学から見た、華岡青洲の真の凄さについてだ。教育文化史や地域史が専門のわたしが、あまり気に留めていなかったことを教示された。視点・論点を変えれば、歴史像は変化する。歴史学は、やはりおもしろい。

「毎日新聞」和歌山面2018／12／14

26 利他の精神が時代を拓く—維新一五〇年を振り返る—

二〇一八(平成三〇)年は、明治維新から起算すると満一五〇年に当たる。その節目を記念して明日(一二月一五日)午後、和歌山県が「明治と和歌山」というテーマで、地域の歴史を見直すシンポジウムを和歌山市のホテルアバローム紀の国にて開催する。シンポジウムのコーディネーターは仁坂吉伸知事が務める。

明日のシンポジウムでパネリストとして登壇するわたしは、維新一五〇年を振り返るとき、明治という時代についてこんな印象をもつ。薩長出身の政治家たちのような華々しさは必ずしもあるわけでない、浜口梧陵(一八二〇〜八五年)のような利他の精神に富む人々が、実は明治という新たな時代を拓いた側面が強いという印象だ。

浜口梧陵像＝和歌山県立耐久高校で

利他の精神とは、私利私欲を少し抑え、助け合うことの重要性を実感できる心のことだ。自分のわがままを抑制して他者のために生きるという利他の精神こそが、明治維新のような激動期にみんなが生き残るためのヒントだということを、浜口の人生からわたしは再発見する。

現在の和歌山県広川町で生まれた浜口梧陵は周知のように、進取の気性をもつ実業家（幕末維新期のヤマサ醤油経営者）で、紀州の近代史を代表する政治家（和歌山藩重役や初代和歌山県会議長など歴任）でもある。一八五四（嘉永七）年一一月の安政南海地震の際に、稲むらに火を放って紀州広村の村民の津波からの避難を助けたエピソードでも有名な浜口。そんな彼は一八五二（嘉永五）年、同郷の有力者と共に稽古場（のちの耐久社）という私学を創設した。未来を担う若者の育成を重視した浜口は、まさに利他の精神を発揮し、私財の中から教育投資を惜しまなかったのである。稽古場は、現在の和歌山県立耐久高等学校の前身だ。つまり、県立耐久高校は浜口らが創った私学を源流に持つわけだ。

そんな浜口は一八六七（慶應三）年初秋、このブックレットで何度も取りあげた、ある人物と会食している。当時すでに英学者・学校経営者として著名であった福沢諭吉が、その相手だ。いずれ和歌山藩政に民間（ヤマサ醤油）から参画するつもりの浜口は、これからの藩政のあり方を福沢に相談したようだ。このとき浜口はひと回り以上も年少の福沢に共鳴したので、会食後のふたりの交流は深まっていく。

福沢諭吉もまた、利他の精神に富んだ男であった。一八八八（明治二一）年の磐梯山噴火、一八九一（明治二四）年の濃尾地震などの天災で苦しむ多くの罹災者のために、福沢はひとつの決断をする。被災地復興の一助として、福沢が打った一手は何か。

27 福沢諭吉と陸奥宗光—地震直後に被災地支援—

「毎日新聞」和歌山面2019／1／11

新年一月三日の熊本県北西部を震度六弱の地震が襲った。二〇一六（平成二八）年に大きな被害をもたらした「熊本地震と関連なし」と報じられているが、余震などによる人的被害が広がらないことを切に祈る。

それにしても一九八九年に始まった平成日本は、実に多くの自然災害に苦しめられてきた。例えば一九九五（平成七）年の阪神淡路大震災や、二〇一一（平成二三）年の東日本大震災では、多数の尊い人命が奪われた。また、昨年六月から七月にかけての西日本豪雨による被害は平成最悪の水害と呼ばれるような甚大なものである。

日本は自然災害が多い国だ。それは今も昔も同じである。一八九一（明治二四）年一〇月二八日、岐阜県と愛知県を中心に推定マグニチュード8の大きな地震が発生した。死者と行方不明者は七〇〇〇人以上。家屋全壊が一四万戸以上という大規模な被害を招いた濃尾地震だ。

慶應大阪講座チラシ

このとき、東京にいた福沢諭吉は、ある一手を迅速に打つ。その一手とは、福沢が一八八二（明治一五）年に創刊した日刊新聞「時事新報」を舞台とした独自の被災地支援キャンペーンのことだ。

「時事新報」は地震が起きた二日後に早くも、

「大地震に付義捐金募集広告」を掲載して、大々的に被災地支援金募集を開始する。広告は事務的なものでなく、福沢自ら筆を執り、読者の心情に強く訴える表現を重ねたものだ。広告で福沢は、こう強調する。「苟《いやしく》も慈善の志あらん人々は旧を憶ひ今を憐み、多少の金を捐《す》て、被害地方の死亡者負傷者貧困者を救ひ給はらんこと切望に堪へず」と。

福沢の訴えにいち早く共鳴し、「時事新報」にすぐさまポケットマネーを寄贈した男がいた。紀州出身の陸奥宗光だ。当時の陸奥は農商務大臣であり、彼が福沢のキャンペーンにすばやく応じた影響力は大きい。このあたりの事情や、福沢によるキャンペーンの真の狙いなどについて最近の研究成果や仮説に基づき、わたしは今月二六日に慶應大阪シティキャンパス（JR大阪駅北側のグランフロント内）で講演する予定だ。

「毎日新聞」和歌山面2019／2／8

28　福沢諭吉の被災地支援—陸奥宗光と仲間が即応—

大阪市天王寺区に夕陽丘（夕日岡）という地名がある。名付けたのは幕末維新期の国学者で、紀州藩勘定奉行を務めた伊達宗広（一八〇二〜七七年）。すなわち、明治政府で農商務大臣や外務大臣を歴任した陸奥宗光の父だ。この紀州出身の父子は、何かと大阪との縁が深く、死後はふたりとも四天王寺支院の真光院近くに位置する夕陽丘に埋葬された。

さて、幕末の大坂で青春時代を過ごし、大坂北浜の適塾で得た紀州人脈を重視した福沢諭吉は陸奥宗

四天王寺支院・真光院＝大阪市天王寺区で

光と気が合ったようだ。ふたりは人生の価値観を支える教養を共有していた、とわたしは推察している。

福沢諭吉はすでに述べたように一八九一（明治二四）年一〇月二八日に発生した濃尾地震（マグニチュード8）直後、独自の被災地支援キャンペーンを展開する。福沢は自ら創刊した日刊新聞「時事新報」紙上で地震が起きた二日後から被災地支援のため義援金を大々的に募ったのだ。紙上に掲載した「義援金募集広告」を記したのも福沢自身であり、その原稿は現存する。

そして、福沢の募集に一番早く応募したのが、地震発生当時の農商務大臣・陸奥宗光と仲間たちだ。「時事新報」は「義捐金の第一着」として、陸奥を筆頭に三一名の義捐者の姓名を掲載した。その中には陸奥を政治的に支えた原敬（後の首相）や、財界で重きをなした大倉喜八郎と渋沢栄一、さらに森村市太郎らがいた。管見によれば福沢主導の義捐金募集の最大の特徴は、「義捐金額・義捐者住所・姓名」リストの掲載方法にある。他紙と異なり「時事新報」は、リストを新聞のページ全面を用いて目立つように掲載した。福沢は連日、義捐金応募者の姓名を金額で差をつけず、到着順にすべて紹介したのだ。したがって、数十銭という少額の寄付者が数千円の高額者と同列に、到着順に紙面をにぎわせた。被災地支援とは義捐金の多寡が問題でなく、日本国民一人ひとりが、応分の協力をする点に意味がある。こう考えた福沢らしい掲載方法だ。その結果、「時事新報」は他紙を圧して最高の二万六七一九円五八銭七厘を集めた。

29　逃避先見つけた陸奥宗光—政界震源地形成の鍵？—

「毎日新聞」和歌山面２０２２／６／10

一八七七（明治一〇）年の西南戦争に際して政府転覆計画に加担した罪に問われ、山形・仙台の獄舎で四年余りの歳月を過ごした陸奥宗光。そんな陸奥が、一八八三（明治一六）年一月恩赦により出獄を許された。出獄後の陸奥は東京でしばらく滞在後、大阪、そして和歌山へ向かう。

この陸奥の行動について、佐々木雄一著『陸奥宗光—「日本外交の祖」の生涯—』はこう解説する。「明治期の政治指導者は、東京を離れることによって自分に注意を向けさせるとか、関わりたくない案件や面会を避けるといった技をよく使った。（中略）陸奥の場合、大阪夕日丘に父宗広の墓があり、和歌山は故郷である。大阪や和歌山での陸奥の行動は、大阪の新聞で報じられ、大阪の情報は、東京でも伝えられる。陸奥は、よい逃避先を見つけた」

そして、和歌山入りした陸奥は熱烈な歓迎を受け、一八八三（明治一六）年四月二六日に「参会者四〇〇名ともいう大懇親会が県会講堂で開かれた」、と佐々木著は語る。

しかし、実のところそう簡単に陸奥は和歌山で歓迎されたわけでない。わたしは上廣倫理財団から研究助成を受け、「自由民権運動と中等教育に関する基礎研究—和歌山県を事例として—」という研究報告書をまとめたことがある。その際、出獄後の陸奥を描いた優れた先行研究や当時の和歌山県会議員の日記なども丹念に調べた。

陸奥の出獄当時、オール紀州で県政前進を目指す意図もあり結成された、政治結社・木国同友会が動き始めていた。同会会長は浜口梧陵で、副会長や幹事には当時の主要県会議員らが就いた。議員の中には出獄した陸奥を和歌山で歓迎すべきという意見もあったが、浜口は否定的な態度をとる。というのも、郷土出身の名士ではあるが、謀反の陰謀に加わった罪を問われた陸奥だ。この経緯からして、陸奥はおそらく官選知事とそりが合わない民権派のリーダーになり同友会も分裂するであろう、と浜口は苦悩した。

苦悩する浜口を説得し、陸奥を和歌山で迎え入れるよう促した人物がいた。その人物とは、浜口と近しく陸奥とも関係を深めていく福沢諭吉だとする有力な説がある。出獄した陸奥が投げた波紋は、福沢を巻き込む形で同友会内外へと広がり、やがて紀州政界の震源地を形成していく。

「毎日新聞」和歌山面2022／8／19

30 浜口梧陵「之ヲ拒マント企テリ」―陸奥歓迎会と福沢諭吉―

神戸大学教授として日本政治史を担当した増田毅氏が著した、「和歌山県における自由民権運動」（安藤精一編『和歌山の研究』第四巻）という論文がある。増田論文は、紀州の近代政治史を語るうえで重要な先行研究のひとつだ。

増田論文の中で、高橋銑一郎という明治中期に和歌山県会議員をつとめた人物による、示唆に富む手記「半生略記」が紹介されている。手記の一節に、こうある。「陸奥宗光伯久々ニテ帰県スル事トナリシモ、時ノ木国同友会長浜口梧陵翁ハ大ニ内心之ヲ憂ヒ（中略）之ヲ拒マント企テリ」

政治犯として山形・仙台の獄舎で四年余りの逆境を過ごした陸奥宗光は、一八八三（明治一六）年一月の恩赦により出獄した。出獄後の陸奥は東京でしばらく滞在した後、大阪を経てふるさと和歌山をめざす。高橋手記によれば、陸奥の「帰県」に待ったをかけようとしたのが、浜口であった。当時、全県網羅的な県政翼賛会として木国同友会を軌道に乗せようと苦心していた浜口にとって、陸奥は危険な存在であった。謀反の罪に問われた和歌山の名士・陸奥が出獄後、過激な民権派と共闘し県政をかき乱す可能性がある、と浜口は危惧したのだ。

そんな浜口に対し、陸奥を和歌山で歓迎すべきと説得した人物が登場する。高橋手記に、「福沢諭吉先生ヨリ浜口ヲ説カシメ漸ク承諾セシメテ当国未曽有ノ大歓迎会ヲ開ク」と明記されている。「この手記をどのように見るべきか、なお検討の必要があろう」、と増田論文は慎重な姿勢を見せる。そのうえで、わたしは県内外で大きな政治的影響力を持つ浜口を説き伏せ、彼に陸奥歓迎会を主導するよう促せたのは福沢しかおらず、したがって高橋手記は正しいと考える。

陸奥と福沢の学問的背景には共通点があり、ふたりはお互いの見識を尊重しあう間柄であった。そして、当時の浜口は念願の渡米計画について旧知の福沢に何かと相談していた。陸奥・浜口両人の実力を認める福沢だからこそ、ふたりの間をあらためてとりもったのであろう。なお、その後の陸奥は農商務大臣や外務大臣などを歴任し、立身出世する。出世した陸奥が福沢の新聞事業を支援した史実はあまり知られていない。実に興味深い。

31　晩年の浜口梧陵、渡米の副産物―高島小金治の未来を拓く―

「毎日新聞」和歌山面２０２２／４／15

仕事柄、わたしは福沢諭吉が私財を投じて一八七五（明治八）年に建設した三田演説館の関係資料や、一八八二（明治一五）年に福沢が創刊し経営した日刊新聞「時事新報」などを吟味する機会も多い。

一八八四（明治一七）年五月三一日の「時事新報」は、家業ヤマサ醤油を跡継ぎに譲り、和歌山県会議長などのすべての公職から退いた浜口梧陵が念願だった米国へ旅立ったことを報じている。記事によると、浜口が世界一周の旅行を思い立ち、横浜を船出したシチー・オブ・トーキョー号で米国サンフランシスコへ向かったのは同月三〇日であった。そして、「慶應義塾の高島小金治氏が浜口氏に随伴同行した」、と「時事新報」は明記する。

杉村広太郎編『浜口梧陵伝』が語るように、還暦を過ぎ体調がすぐれないことも多かった浜口は、余計な心配をかけぬため渡米計画について家族にほとんど相談しなかった。ただし、信頼する友人の福沢には計画を打ち明けて、いろいろな助言を受けている。だからこそ、「時事新報」は浜口が横浜出港した翌日に、その旅立ちの様子をいち早く発表できたのであろう。

さて、浜口に同行した高島小金治（一八六一～一九二二年）とは、何者か。慶應義塾福沢研究センター編『福沢諭吉事典』によれば、川越藩士の長男として上州前橋に生まれた高島は慶應義塾卒業後、義塾教員となり、福沢に期待された俊秀だ。そして、かねてより洋行を熱望していた高島は福沢の紹介で、念願かなって浜口の書記として渡米を果たす。米国へ向かう船中で実業家・大倉喜八郎（一八三七～一九二八年）の知遇を得て、高島の未来は拓ける。

高島は帰国後、大倉の三女つると結婚し、大倉が創設した商社で活躍する。大倉が設立に関与した組織で現在でも残っているものには、大成建設やホテルオークラ東京、さらに大倉商業学校（現、東京経済大学）などがある。商業学校発展の一翼を担ったのが、高島小金治だ。慶應義塾評議員などを歴任し、教育事業にも注力した高島の、未来を拓く契機が、浜口の渡米の副産物であった。結果的に、浜口は高島の運気を上げる手伝いをしたといえる。

32 『学問のすゝめ』と学制理念―学制一五〇年に思う明治初期の新論点―

「毎日新聞」和歌山面2022／9／9

司馬遼太郎が講演会などで「ドライな人」と評した福沢諭吉。そんな福沢の代表作のひとつである『学問のすゝめ』をめぐる、興味深い新説に最近出合った。

明治政府は一八七一（明治四）年七月、中央教育行政官庁として文部省を新設した。その翌年八月に同省は、日本最初の近代教育法令である学制を頒布し、全国共通の学校教育制度の原型を成立させる。そして、本年、学制頒布一五〇年を迎えた。

発足当時の文部省は近代国家にふさわしい教育改革に関する青写真を持っていたわけでなく、福沢諭吉に改革のための助言を求めることが多かった。したがって、当時「文部卿は三田にあり」（慶應義塾編『慶應義塾百年史』上巻、一九五八年）と噂され、まるで文部大臣は東京の三田に住んでいる福沢だと皮肉られた。

さて、『学問のすゝめ』全一七編の最初の一冊である、いわゆる初編は今から一五〇年前の一八七二（明治五）年二月に刊行された。学制頒布の半年前のことだ。初編と学制は親和性が強いという通説がある。例えば東京都立大学学長などを歴任した教育学者・山住正己は、学制の理念を明記した「明治五年太政官布告第二百十四号」（いわゆる「被仰出書《おおせいだされしょ》」）の解題にてこう語る。学制理念は、「『学問のすゝめ』の影響を受けていることが明らかである」（山住正己著『日本近代思想大系6　教育の体系』、一九九〇年）。

山住説に一定の理解を示しつつ、新論点を提示した論考が最近登場した。米山光儀・慶應義塾大学名誉教授が著した「『学問のすゝめ』と学制」（福沢諭吉協会編『福沢手帖』第一九二号、二〇二二年）である。米山名誉教授は、学制と福沢がめざす人間像の違いに着目する。「被仰出書」が描く、学問の目的は「立身」だ。ここでいう「立身」は「治産」「昌業」につながり、経済的に自立した人間の育成を学制はめざした。

これに比して福沢が考える学問の目的＝一身の独立には、経済的自立だけでなく、「精神に就《つ》いての独立」も含まれる。『学問のすゝめ』がめざす「国を自分の身の上に引き受け」る国の主人としての人間像が福沢の理想であり、学制理念にはこの点が欠落。以上が米山説である。少々難しい議論だが、実に興味深い新論点だと思う。

なお、学制に準拠した和歌山県最初の小学校は有力者らの学資献金により、一八七三（明治六）年一月に和歌山城下で設立された。「始成小学」と名付けられた同校の史料の一部は、第二次世界大戦後、和歌山市立本町小学校へ引き継がれた。

33 司馬遼太郎の福沢諭吉評—『学問のすゝめ』の真実—

「毎日新聞」和歌山面2022／10／14

司馬遼太郎は、しばしば福沢諭吉について講演で好意的に語った。例えば、一九八八（昭和六三）年一月二八日に神奈川県立青少年センターにて行った「地方自治法施行四〇周年記念講演会」で、司馬は福沢をこう評した。

「私は福沢諭吉が好きです。この人は非常にわかりやすい文章を書きました。（中略）つねづね諭吉は『おれの書く文章は猿が読んでもわかるんだ』と言っていたぐらいです。文章ひとつとっても、諭吉はすばらしい啓蒙主義者でした」

新聞記者時代に著した『梟の城』で第四二回直木賞を一九六〇（昭和三五）年に受賞した司馬は、その後記者を辞め筆一本の作家生活に入り、膨大な作品群を世に送り出した。そんな司馬が褒めた福沢諭吉。福沢の代表作のひとつに、『学問のすゝめ』全一七編がある。初編が公表されたのが一八七二（明治五）年だから、ちょうど一五〇年前のことだ。

『小幡篤次郎著作集』第一巻＝四天王寺大学・曽野研究室で

「天は人の上に人を造らず、人の下に人を造らずと云えり」という有名な一文で始まる初編は、もともと福沢の郷里中津（現、大分県中津市）に設立された英学校「中津市学校」で学ぶ若者に向けて書かれた小冊子だ。初編で注意すべきは、福沢と小幡篤次郎の共著となっている点だ。小幡は中津の人で、福沢門下生。彼は福沢のいわば右腕となり、初期の慶應義塾の経営に大きく貢献した。

その小幡が中津の英学校の校長に赴任する。中津では小幡は身分の高い上士の出であったが、福沢は下士の出身だ。初編は中津の若者へ向けたメッセージだから、福沢だけでなく校長として赴任した小幡との共著として発刊した方が好都合だったのであろう。ちなみに実際に初編を執筆したのは福沢である、というのが真実だ（小室正紀編著『近代日本と福沢諭吉』）。

さて、初編が好評を博したため、一般向けにも刊行されることになった『学問のすゝめ』は、一八七三（明治六）年に出版された二編以降、福沢単著として世に出る。そして、一八七六（明治九）年刊の最終編である一七編まで断続的に一編ずつ小冊子として公表された。全編合わせると三四〇万冊が流布した、と福沢は推計している（福沢諭吉著『福沢全集緒言』一八九七年）。一八八〇（明治一三）年に、まえがきを加え一冊に合本された『学問のすゝめ』がベストセラーになった要因のひとつは、当時の学校で参考書などとして活用された点にある、とわたしは考える。例えば、一八七九（明治一二）年に豪農・本多和一郎が那賀郡池田村（現、和歌山県紀の川市）で開校した共修学舎（私立中学として文部省公認）では、同書を大いに活用している。

＊注記
本年二〇二二（令和四）年の三月から、慶應義塾と一般社団法人福沢諭吉協会による『小幡篤次郎著作集』（全五巻予定）の刊行が始まった。そこで、『三田評論』第一二六九号（二〇二二年八・九月合併号）にて「三人閑談　小幡篤次郎を読む」という特集が組まれた。その特集で福沢諭吉協会理事である川崎勝氏が、次のような実に興味深い指摘をしている。「問題の一つは『学問のすゝめ』の初編は小幡・福沢共著だとい

うこと。それは中津市学校として、中津に向けて出すには、福沢より小幡のほうが中津では顔が利くからと言われています。ただ、私にはそれだけではないように思われます。共著の意味をもう少し重要視したいと思っています。「天は人の上に人を造らず」という有名な出だしの言葉を選んできたのは福沢なのか。小幡なのか。もしかしたら小幡が選んできたのを福沢流の文章にしたのかもしれない。これは私のまったくの妄想にすぎませんが」と。

「妄想」でなく、わたしは川崎氏の指摘を示唆に富む論点として心に留めたい。小幡研究が今後どう進展するのか。その進展次第で、福沢の「右腕」としてよく言われる小幡を、もっと積極的に評価する必要が出てくるかもしれない。そう、考えている。

主要参考文献（発刊順）

『和歌山の研究』第四巻近代篇、清文堂出版、一九七八年
『土地と日本人―対談集　司馬遼太郎』中央公論新社、一九八〇年
＊司馬遼太郎記念館の公式サイト（２０２２／11／７閲覧）に司馬をめぐる最新動向の一端がアップされているので、参照されたい。
酒井シヅ『日本の医療史』東京書籍、一九八二年
中曽根康弘『リーダーの条件』扶桑社、一九九七年
『司馬遼太郎が語る日本　未公開講演録愛蔵版Ⅰ～Ⅵ』週刊朝日増刊号、一九九六～一九九九年
岡崎久彦『陸奥宗光とその時代』ＰＨＰ研究所、一九九九年
平尾誠二『「知」のスピードが壁を破る―進化しつづける組織の創造―』ＰＨＰ研究所、一九九九年
司馬遼太郎『二十一世紀に生きる君たちへ（併載：洪庵のたいまつ）』世界文化社、二〇〇一年
＊緒方洪庵や適塾をめぐる最新動向のひとつとして注目されるのは、大阪大学適塾記念センターの諸活動である。同センターの公式サイト（２０２２／11／７閲覧）を参照されたい。
曽野洋「明治前期の中等教育改革から学ぶこと」（『三田教育会報』第二五号、慶應義塾大学三田教育会、二〇〇一年）
湯浅邦弘編著『懐徳堂事典』大阪大学出版会、二〇〇一年
『福沢諭吉著作集』全一二巻、慶應義塾大学出版会、二〇〇二～二〇〇三年
＊コラム03で紹介した『福翁自伝』や、コラム32と33で取り上げた『学問のすゝめ』は、岩波文庫などとして文庫

本化されており容易に入手できる。なお、福沢諭吉に関する最新研究動向の一端は、わたしが客員所員を兼務している慶應義塾福沢研究センター公式サイト（２０２２／11／７閲覧）に加えて、一般社団法人福沢諭吉協会公式サイト（２０２２／11／７閲覧）に詳しいので参照されたい。

『司馬遼太郎全講演』全五巻、朝日新聞社、二〇〇三～二〇〇四年

曽野洋「旧和歌山藩士族の近代中等教育構想に関する考察（その一）～（その三）」（『和歌山県教育史研究』創刊号～第三号、和歌山県教育委員会、二〇〇三～二〇〇五年）

曽野洋「『自由民権運動と中等教育』に関する基礎研究」（『研究助成報告論文集』第一三号、財団法人上廣倫理財団、二〇〇五年）

「座談会記録　福沢諭吉に学ぶ『実学』」（『三田評論』第一〇八七号、慶應義塾、二〇〇六年）

＊この座談会は、小室正紀（慶大経済学部教授）・清家篤（慶大商学部教授）・橋本五郎（読売新聞編集委員）・猪木武徳（国際日本文化研究センター教授）の各氏によって行われた。

都倉武之「草創期メディア・イベントとしての義捐金募集―時事新報を中心に（一）・（二）」（『日欧比較文化研究』第五号・六号、日欧比較文化研究会、二〇〇六年）

島根大学附属図書館医学分館・大森文庫出版編集委員会編『華岡流医術の世界―華岡青洲とその門人たちの軌跡―』ワン・ライン、二〇〇八年

『慶應義塾史事典』慶應義塾大学出版会、二〇〇八年

寺崎修編『福沢諭吉の思想と近代化構想』慶應義塾大学出版会、二〇〇八年

『和歌山県教育史』全三巻、和歌山県教育委員会、二〇〇六～二〇一〇年

『福沢諭吉事典』慶應義塾大学出版会、二〇一〇年

『和歌山大学松下会館　一九六一〜二〇一一』和歌山大学松下会館五〇周年記念式典実行委員会、二〇一一年
＊松下幸之助歴史館の公式サイト（2022／11／7閲覧）の情報も役立つ。
小室正紀編著『近代日本と福沢諭吉』慶應義塾大学出版会、二〇一三年
曽野洋「教育ベンチャーの季節」（『福沢諭吉年鑑』第四〇号、一般社団法人福沢諭吉協会、二〇一三年）
坂野潤治『西郷隆盛と明治維新』講談社、二〇一三年
海原亮『江戸時代の医師修業―学問・学統・遊学―』吉川弘文館、二〇一四年
北康利『松下幸之助　経営の神様とよばれた男』PHP研究所、二〇一四年
佐藤悌二郎『松下幸之助の生き方―人生と経営77の原点―』PHP研究所、二〇一五年
『医聖・華岡青洲シンポジウム―没後一八〇年　和歌山が生んだ麻酔手術の先駆者―』和歌山県、二〇一五年
＊同シンポジウムは二〇一五年一二月五日に、明治大学駿河台キャンパス・アカデミーホールにて行われた。【主催】和歌山県・明治大学、【後援】公益社団法人日本麻酔科学会・毎日新聞社。出演者は、酒井シヅ（前日本医学史学会理事長・順天堂大学名誉教授）・畑埜義雄（和歌山県立医科大学名誉教授）・阪井和男（明治大学法学部教授）・仁坂吉伸（和歌山県知事）・三田村邦彦（俳優・舞台「華岡青洲の妻」青洲役）・曽野洋（四天王寺大学教育学部長・教授）の各氏。シンポジウムのコーディネーターを、曽野が務めた。本書はシンポジウムの詳細をまとめた記録集である。
司馬遼太郎記念館・会誌『遼』第五九号、二〇一六年
『松下幸之助シンポジウム―神様の経営と和歌山の精神―』和歌山県、二〇一六年
＊同シンポジウムは二〇一六年一二月一七日に、明治大学駿河台キャンパス・アカデミーホールにて行われた。【主催】和歌山県・明治大学、【後援】パナソニック株式会社・株式会社PHP研究所・公益財団法人松下政経塾・

毎日新聞社。出演者は、松下正幸（パナソニック株式会社代表取締役副会長・株式会社ＰＨＰ研究所代表取締役会長）・北康利（作家）・橋川史宏（有限会社伊勢福代表取締役社長）・佐々木聡（明治大学経営学部教授）・仁坂吉伸（和歌山県知事）・曽野洋（四天王寺大学ＩＲ戦略統合センター長・教授）の各氏。シンポジウムのコーディネーターを、曽野が務めた。本書は、シンポジウムの詳細をまとめた記録集である。

世耕石弘『近大革命』産経新聞出版、二〇一七年
曽野洋「福沢諭吉門下生海老名晋の遍歴（一）・（二）―働き方改革のヒント―」（『福沢手帖』第一七五号・一七六号、一般社団法人福沢諭吉協会、二〇一七年・二〇一八年）
佐々木雄一『陸奥宗光―「日本外交の祖」の生涯―』中央公論新社、二〇一八年
高槻泰郎『大坂堂島米市場―江戸幕府VS市場経済―』講談社、二〇一八年
荒木康彦『世耕弘一―人と時代』東信堂、二〇一九年
＊近畿大学公式サイト（２０２２／11／７閲覧）でアップされている、「建学史料室広報誌」各号も参照されたい。
曽野洋「生誕二〇〇年　浜口梧陵の再検討（上）・（下）」（『福沢手帖』第一九〇号・一九一号、一般社団法人福沢諭吉協会、二〇二一年）
＊稲むらの火の館（浜口梧陵記念館・津波防災教育センター）の公式サイト（２０２２／11／７閲覧）も参照されたい。
神辺靖光・米田俊彦編『明治前期中学校形成史―府県別編Ｖ南畿南海―』、成文堂、二〇二二年
村上もとか『村上もとか―「ＪＩＮ―仁―」、「龍―ＲＯＮ―」、僕は時代と人を描いてきた。―』河出書房新社、二〇二二年
米山光儀「『学問のすゝめ』と学制」（『福沢手帖』第一九二号、一般社団法人福沢諭吉協会、二〇二二年）
『特別展　浜口梧陵と廣八幡宮―法蔵寺・養源寺・安楽寺の文化財とともに―』和歌山県立博物館、二〇二二年

【著者略歴】

曽野　洋（その・ひろし）

四天王寺大学教授・慶應義塾福沢研究センター客員所員
1987 年、慶應義塾大学法学部卒業。神戸大学大学院修士課程（教育計画論講座）修了後、名古屋大学大学院博士後期課程（教育史講座）、名古屋大学教育助手を経て、玉川大学助教授、慶應義塾福沢研究センター客員所員、慶應義塾大学 SFC 研究所上席所員、明治大学サービス創新研究所研究員、四天王寺大学教育学部長、同大学 IR 戦略統合センター長などを歴任。
上記の間、兼任講師として慶應義塾大学教職課程センターや昭和大学保健医療学部などにて、「教育史」「教育学」「社会学」などを講義担当。
専門分野は日本教育文化史ならびに地域史・地域振興史で、主に江戸時代の私塾や、地域における近代学校の経営史などに関心がある。また、日本の奨学金制度や博物館の歴史にも詳しく、現在、公益財団法人（育英事業）理事や公立博物館協議会委員などを兼務している。論考に、単著「教育ベンチャーの季節」（『福沢諭吉年鑑』第 40 号、一般社団法人福沢諭吉協会、2013 年）や、単著「福沢諭吉門下生海老名晋の遍歴（1）・（2）—働き方改革のヒントー」（『福沢手帖』第 175 号・176 号、同上協会、2017 年・2018 年）など多数あり。研究業績の詳細は、以下のサイトにて定期的に更新。

http://researchmap.jp/herosono0831/

生誕100年
司馬遼太郎への手紙
—学都・大阪の再発見—

発行日	2023年2月1日初版ⓒ
著者	曽野　洋
発行者	小野　元裕
発行所	株式会社ドニエプル出版
	〒581-0013 大阪府八尾市山本町南6-2-29
	TEL072-926-5134　FAX072-921-6893
発売所	株式会社新風書房
	〒543-0021 大阪市天王寺区東高津町5-17
	TEL06-6768-4600　FAX06-6768-4354
印刷・製本	株式会社新聞印刷

ISBN978-4-88269-926-2